Für Serena

Nach den Regeln der neuen deutschen Rechtschreibung
Lizenzausgabe für Findling Buchverlag Lüneburg GmbH, D-21339 Lüneburg
ISBN 3-937054-11-1

Lithografie: Photolitho AG, Gossau ZH
Gesetzt in der Stempel Garamond, 11 Punkt
Druck: Proost N.V., Turnhout

Kleiner Eisbär
komm bald wieder!

Eine Geschichte mit Bildern von
Hans de Beer

Findling Buchverlag Lüneburg

Am Nordpol gibt es nur Eis und Schnee. Lars, dem kleinen Eisbären, gefiel das. Er liebte es, im Schnee herumzutollen, auf Eisberge zu klettern und hinunterzurutschen. Doch am liebsten lag Lars im Wasser und ließ sich von den Wellen treiben. So auch heute.

Nach dem fröhlichen Spielen spürte Lars Hunger. Er wollte nach Hause. Als er dem Ufer zu schwamm, hielt ihn plötzlich etwas fest. Er kam nicht mehr vorwärts, wie sehr er sich auch anstrengte. Und bald konnte er nichts mehr sehen, denn rings um ihn waren Fische. Dann gab es einen Ruck.

Mit Hunderten von Fischen war Lars in einem großen Netz gefangen und in die Luft gehoben worden.

Das Netz wurde in den Bauch des Schiffes geleert. Lars
zappelte wie wild, bis er über die zahllosen Fische
hinwegschauen konnte. Wie kam er da bloß hinaus?
Nirgends gab es eine Öffnung. Da entdeckte Lars eine
Leiter und kletterte rasch hoch. Er sah ein kleines rundes
Fenster und schaute hinaus: nichts als Wellen und dunkle
Nacht. Lars sehnte sich nach seinem Zuhause.

Lars tappte weiter. Irgendwo musste es doch einen Weg ins
Freie geben! Plötzlich raschelte etwas hinter ihm.
Erschrocken drehte er sich um. Zwei leuchtende Augen
starrten ihn an.

Lars rannte davon. Da hörte er über sich eine freundliche
Stimme: »Du musst keine Angst haben vor mir. Ich bin
Nemo, die Schiffskatze.«
»Und ich bin Lars, der Eisbär. Ich möchte nach Hause!«

»Wir sind schon weit weg vom Nordpol«, erklärte ihm die Katze. »Aber sobald wir im nächsten Hafen sind, treffen wir meine Freunde, die Schiffskatzen. Eine davon kennt sicher ein Schiff, das zum Nordpol fährt. Aber jetzt verstecke dich, es darf dich hier niemand sehen.«
Erst als es finstere Nacht war, kroch Lars aus seinem Versteck. Nemo und er schauten über das endlose Wasser. Doch bald kuschelten sie sich aneinander und schliefen ein.

Eines Nachts entdeckte Lars plötzlich viele kleine Lichter
am Horizont.
»Das ist der Hafen«, sagte Nemo.
Noch in derselben Nacht schlichen sie an Land.

Lars und Nemo gingen die Hafenmole entlang. Puh, wie war das Wasser hier schmutzig! Da wollte Lars lieber nicht drin schwimmen. Leise schlichen sie durch dreckige Gassen und Hinterhöfe. Wehmütig dachte Lars an sein weißes Zuhause.

Vorsichtig ging Lars hinter Nemo her. Noch nie zuvor war
er auf einer Mauer gegangen!

Plötzlich schauten ihn aus dem Dunkel viele funkelnde
Augen an.
»Keine Angst, Lars. Das sind meine Freunde!«, rief Nemo.
Als Lars näher kam, erkannte er viele, viele Katzen. Nemo
erzählte nun von Lars' ungewolltem Abenteuer. »Wer von
euch fährt an den Nordpol?«
Eine schwarz-weiße Katze meldete sich.
»O Johnny, das ist fein«, sagte Nemo.

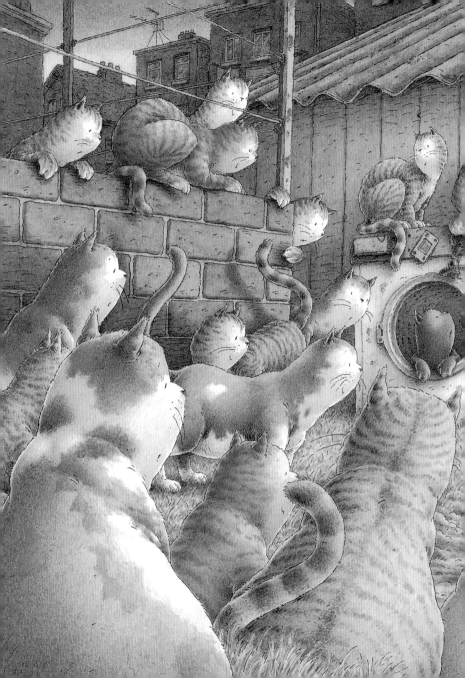

Lars rannte übermütig voraus. Auf einer breiten Straße wurde er von einem Lastwagen erschreckt.

Von nun an lief Lars schön hinter den Katzen her.

»Komm schnell!«, rief Johnny, als sie beim Schiff angelangt waren. »Es darf dich niemand sehen.«

Lars rannte los. Doch mitten auf dem Laufsteg drehte er sich um. »Leb wohl, Nemo!«

Er hörte nur noch ein trauriges »Miau!«.

Nach drei Nächten sah Lars endlich seine Eisberge.
»Johnny, schau! Da bin ich zu Hause!«, rief er freudig.
»So weiß sah ich früher aus«, fügte er lachend hinzu.
Als das Schiff Anker warf, wurde Lars ganz zappelig.
»Ade, Johnny, und vielen Dank!«, rief er, kletterte über die
Reling und rutschte an der Ankerkette hinunter ins Wasser.
Vergnügt schwamm er dem Ufer zu. Das Meerwasser
wusch Lars' Pelz wieder weiß.

Fröhlich jagte Lars durch den Schnee nach Hause. »Vater! Mutter! Ich bin's, ich bin zurück!«, rief er von weitem.

Aufgeregt erzählte er von seiner Reise und von Nemo. »Schaut, so sieht Nemo aus«, lachte Lars und stellte sich wie eine Katze vor die staunenden Eltern.
Lars nahm seine fröhlichen Spiele bald wieder auf. Doch oft saß er auch am Rand des Eises und schaute in die Ferne. »Nach was hältst du Ausschau?«, fragte Vater Eisbär. »Nach einem Schiff und einem Freund«, sagte Lars sanft und lächelte.